洪厚甜書謝明道詩詞

四 川 出 版 集 團
四川美術出版社

詩言志

謝明道先生簡介

一九四七年一月生于四川南部，一九七〇年畢業于重慶醫科大學。先後曾任四川省鹽亭縣人民醫院院長，綿陽地區衛生局副局長，蓬溪縣委書記，遂寧市委副書記，四川省計生委副主任、主任、黨組副書記、書記，四川省衛生廳黨組書記、廳長，四川省政協副主席，第八屆、九屆、十屆全國人大代表。二〇〇一年獲『中華人口獎』。曾出版個人詩集《蟬鳴集》、《謝明道古體詩詞精品選》。

長詩

CHANG SHI

農家孝女

因事赴天垣，相逢屬偶然。
瓦房成半合，竹籬一丘山。
手育成行柳，門開數畝田。
遠觀素樸女，近視舊衣衫。
短髮雙蝴蝶，長眉兩鳳鸞。
櫻桃一小嘴，面若粉紅蓮。
見客東邊來，相迎牖戶前。
問詢家裡事，弄手臉羞旋。
只見無聲淚，悄悄落玉盤。

最終聞細語恰似巨雷漫村校老師寒
園坐大盆邊母親勞柴急木屑刺瞳間
夜来傷疼烈幾餐飯未沾两天膿外溢
一隻目腫圓求醫無藥治卧牀女喂餐
生活憑照理走行靠人牽耳不聞山裂
神難識女顏命苦天不滅家窮情更堅
時述三年過母生一小娟全憑乳哺育
縫補落於肩又種田疇遠哥征在合川

娟娟讀書去事事都心牽時久病未愈
珠淚晝夜連喂餐西屋裡迎客方東還
有失相迎禮請諒慢述言知時雨潤物
血淚才傷肝鄉野農家女高潔閨閣蘭
寒窗考道就陋室忠貞全余雖學廿一
德差萬萬千終身慈母苦肌腹鶉衣寒
雪野冬耕地炎天夏弄棉期長染上病
久病又無錢咬牙忍劇痛讓兒戴翊冠

孝心未能盡母子已两天名利是孽根
只留恨綿綿

一九七七年春於鹽亭天垣

抗擊非典

嶺南疫首肆襲京使人哀難治新病毒
生死誰能猜接觸怕傳染相言恐相挨
餐館變空室閑市戒静齋日發百餘例
悲罷兩官差中央急民事藥物送村街
防治全免費不花民資財臨危受命急
女帥展風采四早救患者五級御病災

測溫人準過消毒車方回村巷包監控
院戶為戰臺郎從廣州返妻迎門不開
勸夫去隔離到時再回來臨壯戰事緊
醫护心血裁白衣浸透汗口罩疊戴腮
葉欣為民死含笑上蓬萊岐黃著偉業
非典落塵埃失言吳作棟認錯也開懷
二〇〇三年八月

親歷戊子汶川大地震

戊子年丁巳月壬子日未時八級大地震

利州午睡醒来先忽覺高樓左右顛
舉步猶懸人推搡欲行卻被力阻牽
山搖飛石一天霧地動湧波萬物旋
東路橋斷西路垮上河成堰下河遷
十房九倒三川廢五巖三傾一壑填
銀廠風光山吞沒寶團畫棟梁折遄

二王廟宇殿堂毀三老清官石壁穿
孫失爺婆娘失子人喪骨肉禍喪田
災中奪命過八萬前後截肢近一千
黎志成城主席令多難興邦史詩篇
躬行總理親征戰勵志軍民齊奮鞭
峽谷雄鷹破迷霧紫坪水庫飛槽船
一線幹警無食寐十萬鐵軍有誰眠
含淚救人瓦礫下送糧尋路懸崖邊
滿腔熱血書大愛五位忠魂列淩烟

師德以身護學子醫風忘亂救傷員
電筒少女聲擲地軍禮兒童手擎天
萬里唐山義士路一箱硬币幼兒錢
環球鄰國情似玉世界華人愛如泉
送藥送醫送器械捐錢捐物捐篷毡
龍門山脈災雖重巴蜀兒郎志更堅
莫道廢墟無棠棣心澆血灌景如僊

七言

QI YAN

恩牛

別時遺訓獨留君耿耿忠心對主人
數夏數秋耕作苦一年一崽育胎頻
腿殘耕地掙糧草體小拉犁儲碎銀
盡耗傳來勞累死悲愴學子淚沾巾

一九六七年重慶醫學院

接受貧下中農教育有感

青山成戀水成親
泥水清香結赤貧
拾草同燒一碗飯
揮鋤共繪滿園春
悉心細解柴麻事
巧手輕傳地壠根
樸實勞動山里漢
新師一代育新人

一九六九年宣漢南壩巡回醫療

樂在為民

苦讀幾冬舊襖寬書多體瘦有餘歡
臨牀手術切闌尾對癥針丸治肺炎
故土村翁求妙藥頑皮小兒稱醫官
原來一個農家子樂在為民解病殘

一九七一年冬鹽亭縣醫院

做人謁

甘為小指最近佛
一忍可息風與波
心處知足煩惱少
胸懷感恩喜樂多
苦被無欲化無影
怨去有情亦有歌
真善慈悲修身法
只向自性求彌陀

一九七二年秋

武侯祠出師表

相訪茅廬識至交定軍山下雨蕭蕭
著鞭兩表酬君顧挂帥六征戰爾曹
上表孔明心耿耿揮毫鵬擎志昭昭
龍蛇筆走無窮力字字珠璣淨木雕

一九七六年十一月

魯迅先生評海上花列傳

筆力無窮掃雲煙破析精妙點機禪
撕開女眉西子貌露出眼著夜叉圓
當面言如蜂糖水背後毒似蛇蝎涎
最難讀懂人心事隨順自然才坦然

一九七八年四月

深秋游武侯祠

古柏森森色未凋綸巾羽扇尚飄飄
誠開金石君臣契義薄雲天將帥驍
千古高風傳巷陌三分大計出蓬茅
今朝喜見新祠廟氣壯山河自足驕

一九七八年秋

玉龍中學訪范本禾老師

幾當造訪是尊崇，積愫全傾出玉中。
紫氣東來千里異，丹心北向兩般同。
冰霜未改書生氣，歲月難移學士風。
立雪程門今又是，執經孺子步師蹤。

一九七九年冬 鹽亭

寫給生殖衛生學院首屆畢業生

首屆畢業莫居首俯首甘為孺子牛
細登書山勤裡徑常乘學海苦中舟
明志頻添千里眼盡心如上萬層樓
若問人生價值事奉獻之中方能求

一九八九年八月

羌寨情

天高氣爽沁人心
笛奏悠悠故里情
居室鱗鄰戎寨舍
碉樓屹立護蒼生
芬芳咂酒同君醉
倜儻披巾共月明
山藥糍粑鄉膳美
歡歌篝火頌昇平

一九八九年十一月汶川羌寨

農忙即是

一夜春風似陽牆瓜田嫩緑麥壠黃
豆香已奏鋤鐮曲秧緑還書錦繡章
小院空空幼囡守長絲熠熠老蠶忙
南来北往雙飛燕檐下唧唧議築房

一九九一年四月內江

昇鐘水庫夜舟納涼

暑熱獨行夜入艙十舟泊在水中央
風來勝飲千年酒月照輝增滿地霜
涼意涼身涼肺腑靜空靜野靜山鄉
休將木櫓輕搖動生怕心生一點浪

一九九二年六月

荷

自有儂根氣質殊清心淡雅得醍醐
花開污淖色傾國水落玉盤形似珠
華蓋鋪天迎遠客蜻蜓擊水入畫圖
紅顏未必多薄幸偶斷絲連總相濡

一九九三年六月

都江堰水利工程

利興弊除史留芳秤是民心敬廟堂
作堰淘灘開寶典抽心切角著華章
江分魚嘴雙流水山鑿瓶口萬頃糧
客問何稱天府地蕩蕩春露自都江

一九九三年

參觀江蘇鹽城農村

綠蔭藏舍小河橫蘆葦叢中路徑深
棚裡地栽瓜反季宅旁池養鱔浮萍
牛蛙有水庭中飼野雉無山園裡禽
運用科學求致富村姑一語價千金

一九九四年夏

農家春

蜀水巴山滿目春
農家二月不言貧
春風好雨知時節
苦杏青棵正孕仁
飲水流泉甜自井
餘糧美食香留唇
村姑笑請遠來客
入坐同斟八斗陳

一九九五年春

五臺山

黄土青松日照明沙河綠岸流泉清
山生五臺戒靈脈地湧金蓮滙素心
露灑浮屠終結氣道行覺悟任倚行
名山未必都僧占盛世中興迎客人

一九九五年五月二十日

春風

着地吹来三月風
强推色相畫屏中
梅知暖到當無悔
冰覺寒離只有融
山里野花幾待放
桃林嫩綠偶留紅
溪邊最是多情柳
滿掛絮珠南北東

一九九六年三月十五日

桐子花贊

新綠叢中半含羞，不撒嬌香不入流。
濃春自讓群花妍，淡雅獨守静山頭。
有果也豐不俸客，無肉且肥甘做油。
灑盡髓汁為事業，村翁不忘照夜秋。

一九九六年五月八日

和子鳴丙子中秋抒懷

未曾潦倒有何哀
臺下幾人可上臺
少小雄心成壯志
年青傲氣誤德才
作人會有枯榮事
治事難無褒貶來
知足誰論高低價
清心寡欲忌思盈

一九九六年秋

附子鳴詩

七律 丙子中秋抒懷

潦倒平生也不哀
風風雨雨我登臺
十三總比長沙傅
三十方知范蠡才
笑對枯榮身外事
任憑褒貶眼前來
人生適志千金貴
淡薄無為酒一盃

岷江春

綠岸清江日照紅
樓前紫燕訴情衷
滿園豆蔻含漿色
遍野蜂蝶入蕊叢
陌上牧童笛奏暖
塘邊老叟釣釣豐
囡囡最是招人愛
學語咿呀北指東

一九九七年三月

四月登泰山

細雨紛紛陣陣涼觀山極目霧茫茫
南天門上意為景碧霞祠中誠作香
含淚桃花羞對客披紗樹掛巧成妝
玉皇廟頂佳朋坐滄海桑田話短長

一九九七年四月泰安

賀母校重慶醫科大學校慶

喜逢校誕起謳歌
四十春秋漾彩波
革故鼎新昭桃李
宏觀微視導天河
流鶯去燕風光好
姹紫嫣紅環麗多
共憶師生相愛事
舞雲歸詠樂如何

一九九七年夏成都

西湖情

三面青山一面城
人間瑤池別樣精
臥波龍閣半懸影
吻水蓮花坦露情
滿堤柳枝春發秀
一潭皎月秋波瑩
涼風愜意人難寐
坐伴西君到五更

一九九八年六月五日杭州西子賓館

普陀山不肯去觀音

蓮池懸島留觀音
不念他邦堂殿好
倏來法雨驅諸相
一座泥雕猶是此

愛亂家國拒遠行
卻依故土茅棚情
立下宏願渡眾生
須眉只是嘆平平

一九九八年六月十四日

贊小草

有土即能把身安
默默無聞守自然
澹泊坦胷添春綠
寧靜和衣共雪眠
常伴黎民百姓路
不近官府衙門前
問心無愧真君子
世上無君變荒原

一九九九年四月

瀟湘館寫黛玉

修竹無語守閨門
燈紅酒綠孤寞人
錦衣難掩心病苦
詩書還浸血淚文
試感天地化夜雨
行絕古今葬花魂
年華花季西歸去
情字殺人不留痕

二〇〇〇年三月北京商務會館

三月游峨眉

東皇伴乱踏春波
嫩绿嫣红入色多
山樹文章憑鳥解
花心蕊意任蜂和
似枯對葉飛為蝶
如電靈猴閃入坡
二水洗心牛性去
寺鐘悠遠化塵疴

二〇〇〇年三月

參觀比薩斜塔

慣看物落不知因
唯君實驗纔弄清
多少小事含大道
無數天機在常情
斜塔本也人間趣
定理昭然世界驚
名人名地召來者
激勵後生作精英

二〇〇一年九月十六日意大利比薩

驚聞林濤重病手術

夜半挑鐙眼着絲
不甘雌伏展雄姿
渡江擊楫揚波遠
攬轡澄清固本基
盡瘁已忘身有病
為民豈敢事容私
好才切忌惜才少
君痼方知關愛遲

二〇〇二年四月二十三日

初中母校校慶

少小同牕老大逢
兒歌更調問鄉風
任他白髮摧人老
銘記恩師敬意隆
蠟燭無言情淚溢
黌園有景李桃豐
大坪中學今非昔
直取河汾門下功

二〇〇二年八月

麗江古城寫生

前門溪水後門河清澈晶瑩一曲歌
逐浪從來柏岸少鍾情自古回頭多
碧空明月橫橋影淨土輕風洗柳波
漢瓦秦磚花石路亭臺樓廊鳥唱和

二〇〇二年秋

贊比亞野生動物園觀長頸鹿

世上唯君頸脖長
身高從未欺林地
愛食帶刺嫩梢葉
不淩弱小悲心重

輕盈臺步巧為妝
蹄硬何曾廢土崗
敢鬥稱霸老獅王
鹿性比人也有強

二〇〇二年秋

開普敦

魔迷獅伏戀桌山只重友情不慕僊
攜手阻止千重浪並肩環護萬只船
無際海天雲作岸遍點夜燈地似天
好望角邊風推雪帝王花色獨占先

二〇〇二年十一月八日南非

游贊比亞河

贊比亞河水藍清本比拉西飽含情
大象成羣同側耳輕舟公道各穿行
河馬張口難來景巨鰐隨船不出聲
世上生靈能善處大千世界樂和平

二〇一二年十一月

五州賓館與駐館全國人代會代表聯歡晚會

借得五州作舞臺
淡妝素裹領風采
輕歌曼舞川南調
狂步鍋莊老小孩
親是如家同主歸
身為代表自民來
共商國計中興事
錦繡山河巧剪裁

二〇〇三年三月七日

人啊

吞吐空氣一皮囊得勢切忌犯張狂
去掉榮銜香同味入得世事炎與涼
名利場上爭名死物欲刀下貪欲亡
百年三萬六千日有誰能不見無常

二〇〇三年

住挪威金沙維克次日游峽溪

金沙維克未足眠晝二夜一三分天
内陸村寨臨大海深山碧海成峽灣
數萬年輪冰造地四百里路水入山
两峙疊翠雲霧處開合盡態使人酬

二〇〇四年九月

悼王永嫺岳母

相濡以沫十八春
雖非生母勝親生
霜曉帶病調子食
雪夜添衾御寒庚
臨終仍托餐餚事
西歸述書生死情
泣血重陽兒祭處
遍染楓葉淚縱橫

二〇〇四年農曆九月初九

游亞馬遜河雨林並訪印地安人

一片汪洋入叢林千年古樹萬年藤
獨翁把舵迷宮渠八友同舟樹腰行
彩羽頭冠合新照獵槍鉤鐮守舊情
半童赤裸戲水上手戳異蛇逗游人

二〇〇五年五月二十七日

泛舟巴拉拉河三角洲

戲波舟浪泛撒金
天空蔚藍日照明
岸柳低頭迎遠客
河風醒腦洗凡塵
樓閣水榭留章句
磚瓦房舍贊漢秦
異國雖然多有景
思魂難斷故鄉情

二〇〇五年六月二日

悼吾兄天道

日月唯靠天上行
養育牽背擔千斤
兮文學費由汗鑄
粒米餐飯從口兮
常教忠公去私願
切戒偷巧俸事勤
冬至骨肉戚永訣
老淚荒葉落紛紛

二〇〇五年十二月二十八日

北嶽恒山懸空寺

天然石磊兩塔峰直指雲天入蒼穹
丹巖三教祖師會梵天十方神靈通
瓊樓閣宇寺懸掛朱戶斜梯路半空
臨高攀步尤慎微霧虛更要實作功

二〇〇六年六月十八日

維吾爾族姑娘

靚黛長睫秀目清
幾多髮辮戀紅唇
紗巾難掩桃花面
花帽常妝水柳身
旋舞姿迷天下客
放歌情醉雪山神
彩衣窮盡人間美
嫣與冬風也是春

二〇〇六年九月十九日

退休感言

花甲始得御甲身，無責方覺一身輕。
官階終被時空化，功過自有後人評。
閑與兒孫談往事，休以經驗說古今。
蓋棺敢言無愧處，何問今生利與名。

二〇〇六年十一月

四十六周年悼文

情通上蒼天降溫點點飛雨是涕零

蝴蝶因悲不起舞蜜蜂傷感休展翎

時逢春時無春意心寡孤苦有孤冥

赤子年年斷腸痛最是原上草又青

二〇〇七年四月一日

致省政協九屆文體醫衛委員會同仁

有緣半屆相知真
水墨揮毫同意境
岐黃業擅修良德
任滿情連心是友

肝膽昭然倍覺親
健兒摛桂共精神
政治協商利兆民
吾儕相濡往来頻

二〇〇八年二月

眉山三蘇祠是父是子匾

虎狼還哺幼崽身養兒育女是天倫
孟母三遷傳巷陌疏廣萬貫散鄉鄰
唐宋八家三父子祠匾四字一準繩
愛子切莫憑錢物言則行範教做人

二〇〇九年六月

五言

WU YAN

拜董正芳母

兄弟專程至雙龍拜母檐
孤身居鄉裡陋室鑄尊嚴
粗布鶉衣美苦羹素食甜
無言更教子育亂一生廉

一九六八年五月初六

杜甫草堂

信步草堂寺，風光倍覺親。
廊檐輝映日，花鳥喜迎人。
澤蹟千年古，文章百代新。
静觀工部集，爭購不辭貧。

一九七六年十月

三友圖

松竹梅

道合堪稱友
何求秉性同
梅迎寒氣笑
竹讓桃花紅
道義鐵肩負
忠貞赤骨松
任憑飛雪舞
都付笑談中

一九七〇年冬

咏相如文君

千秋古井水照見幾多人
翰墨留佳句香醪獻上賓
琴臺憶故舊巷道換新鄰
飲酒非司馬與誰說漢秦

一九八七年二月十九日

悼馬敬聰姑父

一夜守候短遺訓意無量
同牀尊令生共夢在陰陽
知音兩代少映心一脈長
天地之悠悠有話對誰講

一九八八年春

霧

悄悄地氣生縷縷任飄行
袅袅織迷夢姍姍送柔情
輕抛紗一片巧没物千形
世界朦朧霧自知可自明

一九九一年秋

學院卡拉OK演唱會

素妝輕唱好真意美無窮
曲任心花放琴由意境通
歌隨千弦至舞展一身功
獲得真知後人生大不同

一九九二年

重慶四面山洪海

洪海高千仞
天然巧合成
翠廊花送愛
青蔓樹牽情
野草隨心長
山雞任意鳴
鴛鴦怨垢語
鷺避不相迎

一九九四年農曆四月

北京三月風

京華三月風
秉性若孩童
和煦陽光在
驚呼塵世空
還寒存冬氣
乍暖送春鴻
奚覓春花去
含苞待放中

一九九五年三月十五

知命之年

風雨五十程人生體味精
好話耳成繭毀譽心磨平
悲歡一感受哭笑兩表情
世有千年樹人無百歲榮

一九九七年秋

樂山大佛

白雲流水間
一坐上千年
有形小石像
無相大自然
不沾物欲意
能解世間緣
何須頂禮拜
公心即參禪

一九九九年春

斥請喫風

不貴之惠人輪流作主賓
金銀盃交錯魚蝦肉替循
豪言滿酒氣空話一油唇
桌上多剩菜心中少人民

一九九九年十二月

尿童

童子為人表感慨知多少
有志事竟成無為人空老
莫分年長幼何論事大小
只要為兆民彪炳史昭昭

二〇〇二年九月比利時布魯塞爾

過火葬場

不入泥沙葬
難逃爐火熊
來時赤裸裸
去也手空空
做人是盡責
為官當奉公
政聲人去後
民心閒談中

二〇一一年十一月一日

郫縣農家新貌

魚躍池塘水風開滿院花
品茶談國事飲酒話桑麻
影視添民樂彩燈照夜華
村姑忙上網戲說找婆家

二〇〇二年五月

絶句

JUE JU

鳴蟬

来自寒土磨難多，叢林枝頭為民歌。
清風兩袖羽翼薄，捐皮入藥解沉疴。

一九八五年夏

九寨溝

九寨風光天上絕
瑤池哪有樹影澈
騷客筆下無字寫
畫苑調朱色總缺

一九八七年二月十九日

垂柳

人享陰涼無意栽逢高不占把頭埋
何須世事作强手任風東西南北来

一九八九年春

訪友不見

昨夜臨門未入門
依依不舍上歸程
進三退四回頭望
落葉飄飄似落魂

一九九〇年四月廿九日晨

二月農家

未豐菜角淡點黃綠上枝頭豆合漿
笑問村姑三餐事羞開櫥櫃看餘糧

一九九一年四月十三日陳毅故居將軍橋

四季雨

春雨

拋淚含羞煙渺中
悄然潤物獨情鍾
紅花綠葉婆娑處
最是春風思念濃

夏雨

喜歡電閃與雷鳴
奔放瀟灑任縱橫
壯志江河翻作浪
疾風相伴更多情

秋雨

嘗盡人間冷暖情
涼風靜水也心平
世人只笑收成好
暗把悲涼慰落英

冬雨

地氣天時遵律循
寒霜遍野鴉無神
荒厚只有君播愛
靜灑瑩珠總盼春

一九九三年農曆六月

小園春色

鍾情素蘭潔無瑕有感蜜桃血著花
不意煦陽春暖霧輕風得意弄裙衩

一九九五年四月四日

農宅三月

宅旁山水春裁剪桃紅梨白次第開
鶯啼新葉岸柳綠風過花叢送香來

一九九六年三月

嚴子陵釣魚臺

守節無為總是哀澹恬不事也非才
躬耕豈可消磨志哪有閒情坐釣臺

一九九八年六月二十日

都江堰滌心堂

巧弄琵琶弦上音琴簫鳳管入情深
編鐘古韻縈繞遠堂溢清幽滌亂心

二〇〇〇年六月

武勝縣飛龍鎮竹編畫

老嫩青黃取舍精隨心裁剪任縱橫
千絲巧繡農家夢一卷巴山蜀水情

二〇〇一年六月十二日

觀六歲孫游泳

小小年紀敢弄潮
善雾沉浮亭逍遥
翻身仰天長擊水
笑看風雲頭上飄

二〇〇一年夏

大理景色

風起天生千朵浪花開雲弄四時香
雪點蒼山十九景月灑洱海一湖光

二〇〇一年秋

秋午游蓮花池

天碧無塵好淨空，群山有志景不同。
輕舟一渡湖光色，疑是西子巧扮中。

二〇〇二年九月五日牡丹江

自悟

自處低位善纔真，無愧難作更難精。
詩境入畫迺為妙，官心能貧方可清。

二〇〇三年十二月十六日

都江堰賞春

鶯啼泉野換新妝燕語樓臺情意長
蝶入花叢身影秀蜂飛蕾蕊體飄香

二〇〇四年三月

解愁偈

去了無明自少憂權錢名利莫貪求
能以人長比己短心平放下便無愁

二〇〇四年六月

咏石

頑愚不化守本真，不用心計與誰爭。
荒原野溪皆為伴，粉身只為鋪路平。

二〇〇四年六月

咏水

生靈萬物是君萌誰人能離誰記情
果有世間上善德從來只向低處行

二〇〇四年八月

賞雪

人間政通天散花氣瑞地怡景自佳

山河銀妝素裹美笑與農夫說喜麻

二〇〇五年正月十一日

咏竹

是草全無草之容非木挺拔德如松

虛空心懷存高節妙在是與不是中

二〇〇五年五月廿四日於巴黎

機場候機樓觀竹畫冊

登里約熱內盧基督山

因佛而名得此山翰海胸懷憫心寬
誓願雖渡眾生苦還需眾生自作賢

二〇〇五年五月二十五日

京都春夢

夜來夢點是天酬又讀詩經知好求
三月京華艷陽好春情綠了柳梢頭

二〇〇六年三月八日

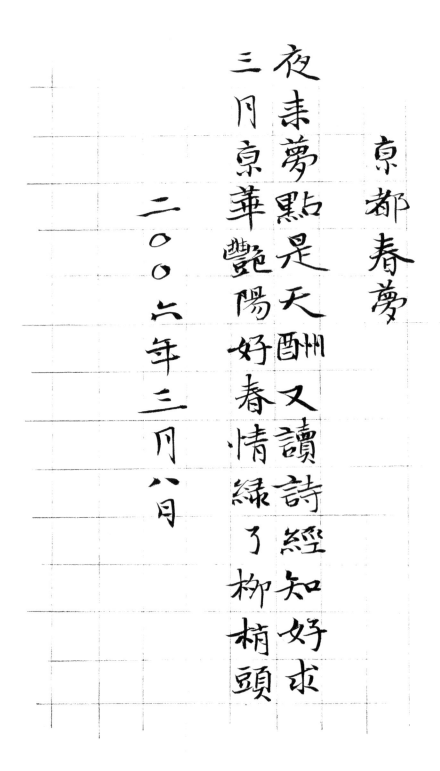

茉莉花

自愛淡雅潔白妝不為肴容換縷裳
一生幽香佳人醉身後茗中也流芳

二〇〇六年三月十日於北京
國務院第二招待所

人生文章

自斷琴弦為知音萊子飾童逗雙親

少帥百歲謝一荻人生文章情著成

二〇〇六年六月二十一日

喀納斯湖觀秋景

秋筆青黃調色均善點紅粉彩妝明
描来翠緑神韻起龕上銀鏡巧作屏

二〇〇六年九月十九日

夜宿峨眉山洗象池

心空無動枝，月和澈水池。
去了亂相後，方解世間棋。

一九八八年夏

登玉龍雪山

車駐龍山半雪雨艷陽天
欲與冰姑照忽拉霧垂簾

一九九九年秋

謝張維慶主任来函

筆走龍蛇字班香宋艷文

博文約禮雾弊絶風清魂

二〇〇二年三月

詞

CI

搗練子

紫荊花樹

庭院内低山中花上枝頭姹紫紅淺作

灰綾身素裹一摸羞絕任西東

一九六九年夏

江城子

鳳凰山下送君行曉風輕灕江明相對
無言淚眼尚盈盈滄海桑田往事年正
少意崢嶸忽聞鳴笛一聲聲催征人
赴鵬程三疊陽關任唱志淩雲須記鹽
亭春閣柳新絮裊寄情深

一九七五年月送華西醫大師生
返成都於鹽亭

西江月

劉繼卣作秋日獅顧圖

巧點霸氣有度善描神情無窮山登絕
頂汝為峯轉顧殘秋思重時令青黃
一葉人生沉浮幾空臨高誰不處寒中
王者依然一夢

一九八〇年秋

訴衷情

臘梅

月明疏影秀蕭牆笑待雪飛揚苦寒自
守情懷冰凍巧凝妝身挺直骨凌霜
氣軒昂一心為了喚醒春姑送上馨香

一九八二年冬

永遇樂

鹽亭十二年抒懷

明媚朝陽淡然綠水春意如許瀰梓
江頭鳳凰展翅更有營盤路征藝術
數潺亭行酒宇可竹成留處想當年
桑蠶嫘祖教會後人絲縷　清風迎
面果香初嗅正值鶯歌燕舞一代宗
師小平指引駛向輝煌路改革開放

緊抓發展莫讓光陰虛度問心志只
身樹下畱其未做
一九八三年春

十六字令

春水暖鶯啼岸柳新誰留住美景夢中人

一九八五年春

浪淘沙

校慶

欣逢舜堯天，重返黌園，春風桃李話
當年，更喜往來千復萬，問艷爭妍。
漫道衆生賢，言教身傳，黨恩師德列
淩煙，相見自慚興利少，再著新鞭。

一九八六年十月重醫母校校慶

南鄉子

夜宿巴山農村

昨日車速差半數行程月影斜無奈
中途覓宿處休茶一路疲勞入夢涯
晨起頓清嘉日出山邊萬道霞滿肺
新純空氣至齊誇真個鄉村好住家

一九八八年秋

鷓鴣天

雪夜憶母

入夢驚来夜已深簾外飛雪母飛針
飛針補襖為兒瘦一盞油燈亮母心
寒凍徹夜低沉思情難述亂何吟無
眠凝望牕前雪靜寂冥聞針綫音

一九八八年冬

臨江僊

信是有緣情無限相逢如是經年心
扉開處話流泉古今多少事唯獨說
桃園道是懷人添別恨和風五月
難眠依稀君影到牀前相迎人不見
只覺更孤單

一九九二年夏

一剪梅

自慰題友

未到陽關亦識卿心境空明身境空
明神來常伴雨紛紛筆點濃情墨點
濃情

無法同君共酒樽盈水清清
飯菜清清胃中去亂說枯榮枯也平
生榮也平生

一九九三年五月

憶江南

南燕巧剪斷凍春寒雪化青山依舊
綠春末花蕊襲朱欄彩蝶戲廳前

一九九五年春

訴衷情

晨觀白玉蘭花開

疏枝無葉乍寒風綻破絨毛宮芳心
暗送春意嫩白自添豐蓮瓣啟性
靈通玉情融醉人時節靜裡婆娑日
出初紅

一九九五年春

眼兒媚

無雨無晴低沉雲葉落忽着痕野崗荒草孤鴉飛去無限悲魂

倚聽深靜垂簾冷獨自悼親人假山石下草枯水凝冰凍黃昏

一九九五年冬懷念雙母雙親

南鄉子

北京潭柘寺

松擁廟門前化作雙龍護佛天銀杏
凌霄身骨壯千年淨土清風入自然
漢瓦竹林閣曾有天子駐足眠富貴
榮華多少夢如煙參得人生一世禪

一九九六年

長相思

酒芬芳奶芬芳獻上哈達情意長酥
油暗送香進帳房坐帳牀話到開
心談笑狂天高明月光

一九九六年甘孜色達縣

點降唇

淨土高原山茶奶酪青稞酒雪蓮紅
柳地厚天長久迎客歡來縱舞輕
拂袖相牽手把、情傳透莫讓春光走

一九九六年夏甘孜州石渠縣

臨江僊

香港回歸

骨肉親情常夢繞含悲忍辱難眠終
歸取得大團圓功高國兩制統一慰
先賢挨打都因國力弱曾經滄海
桑田昇平殷實有尊嚴從令同自勝
冷眼對強權

一九九七年七月

浣溪沙

歲月人生覺近秋漸老黃葉去難留
年華不讓再風流　雖說夕陽無限
好分明夜幕淡高樓清暉月霧罩田
疇

一九九七年秋北京

高陽臺

中央黨校抒懷

高閣淩霄晴波瀲灧校園滿目清嘉
一度秋冬再度春夏京華人生半百
離鄉井尚求知也綻新花　今朝桃
李成林日衆導師學友個個堪誇老
驥新驤同蹈萬里平沙革故鼎新天
行健正學風求索無涯亂欣然如此
江山如此朝霞

一九九八年春

满江紅

大地茫茫幾多道應行何路武穆是
丹心照宇汗青堅豎慷慨精忠留八
字浩然正氣垂千古檜臣奸着鐵鑄
棲霞驚魂處　邪與正神有數虧心
事蒼天怒是天堂地獄任憑君去身
有官民非貴賤事無大小休輕誤做
人時須要本清純終身悟

一九九八年五月於杭州

訴衷情

京都二月憶故鄉料蜀已春妝滿山
盡染新綠豆麥正懷漿乘鶴歸父
離別永悲傷蕊心含血嫩葉刀箭最
斷兒腸

二〇〇一年農曆二月十六北京商務會館

金縷曲「賀新郎」

要把權司好僕人心忠誠事業自當人表濫用職權如自覺守住清廉是寶權是責遵從民召切莫錢權成交易應深知牢籠親身造滄海事史為教金錢自古人嫌少鄧通多晚年乞丐引人思考錢少錢多非正誤關鍵來之有道名利害相連相繞逐利

追名終身害到頭來縱欲催人老人
歸去手空了

二〇〇一年九月

東風第一枝

獲中華人口獎抒懷

鐵骨蒼松空心綠竹冬來笑迎霜雪輕風不亂情懷寒冰只添高潔人知自律更要有平常心蹟做僕人亂欲何求只願政清民悅嘉獎至誠惶惴栗知小亂滄海一滴成績應屬人民個人豈敢獲竊常銘宗旨孺子牛丹心情結永奮蹄躬耕無止灑盡一腔殷血

二〇〇一年十二月十七日

西江月

兩屆人民代表十囬國事參商箴言
諫語助與邦長使心潮激蕩法治人
和作本政通民富為强開来繼往數
新驤老驥漁舟晚唱

二〇〇二年六月四日

虞美人

牡丹江祭母

江流是淚情多少，三十春秋了。夕陽斜照牡丹江，融入漣漪恰似血盈光。

陰陽曆上日相遇，直問蒼天路。能從哪條找冥王，火海刀山也要見兒娘。

二〇〇二年九月三日

憶秦娥

悼司機胡明勝

巴蜀路十年與亂同來去同來去夜
行星月駕乘霜霧至今不信君先
故驟然心落魂相附魂相附依依隨
伴車中相語

二〇〇二年九月十五日

滿江紅

賀川北醫學院附院三十華誕

十月金秋舉目是豐登五谷值慶誕賀
醫學院南充川北桃李開花都掛果園
丁揮汗千株綠不能忘拔地梓楠旁多
松菊是人子堪教育看杏林何時熟
喜同仁聯手譜成新曲大業中興雲出
岫黌苗茁壯胸成竹倘寄語甘自苦中
未勤攻讀

二〇〇四年十二月

念奴嬌

賀政協書畫研究院畫師

丹青青運筆落毫間透出錦城風物描得
青青芳草地綠映高樓華壁臘梅飄香
牡丹吐艷巧染秋楓葉琴音入畫引來
多少和笛文遇盛世方興瀠墨抒懷了
却千千結躍馬揚鞭同奮進共繪山川
今夕魚鳧情長蠶叢意切化作星空月
輕撤夜幕盡觀天府佳色

二〇〇七年元月

滿江紅

慶祝中國共產黨第十七次全國代表大會

又是金秋層林染山情水意同慶賀九
州華夏羣賢滙集獻策唯求與國是揮
毫專點為民筆繪藍圖發展對新觀甘
霖溢　蘆笙悅鼓點急鍋莊舞羌寨笛
喜空前盛會史碑歸立開路南湖船正
速導航北斗星空碧把勝籌後秀赴前
勉強中國

二〇〇七年十月

謁金門

春花月槐柳喜生芽葉臨夏已覺風漸熱應知時運接

秋爽桂馨香烈松竹笑迎冬雪天有暑寒人有刦一生悲喜疊

二〇〇八年季春

武陵春

悼父

四十七年心痛處每每憶從前暗室
繩牀父居寒餓腹缺三餐誰説春
來風景好亂覺最孤單獨在空樓焚
帋錢滴滴淚淡朱欄

二〇〇八年四月一日

行香子

三十六周年悼母

鳳鳥哀啼瀰梓悲鳴白無常引母歸
程雲迎鶴送直上蓬瀛祭有紅楓有
香桂有蜜橙菊傳稚韻秋染山明
到今天滿甲人生遵循母訓樂善輕
名是敬之心敬之意敬之行

二〇〇八年農曆七月二十六日

汶川大地震抗震救災詞五首

水調歌頭 軍魂

主席一聲令千里夜奔行星星驚問
何去蜀地有災情十萬三軍參戰餘
震衝鋒陷陣舰笛浪中鳴空降深山
壑搜救幸存人危樓下磚礫裡問閻
君砸開地府歸路手也血淋淋更有
雄鷹壯士直上凌霄寶殿召集眾天

兵髓血灑天府大地盡回春

青玉案
警風

有災幹警身先就入險地攜童叟滾
石山坡背孺走斷橋殘院堰河路口
戴月披星守震中姐妹悲情透奶斷
嬰啼似呼救女警開衣輕解扣二嬰
同哺宛如一母盡顯英姿秀

逸〻傲
醫道
瓦礫磚灰梁斷處幾多埋者生還路
天使和衣心守護分秒據爭奪地門
前步生死〻人無法顧思魂盡繫殘
病患治愈傷員千萬數須記住白衣
二百僊歸去

菩薩蠻
師德

山搖地動飛沙漫瞬時房倒樓空半
磚落亂灰煙垣殘梁斷懸生門三四
步却讓門生渡學子護懷中血濡桃
李豐

滿江紅
志願者

石滾沙飛山野上幾無完草聞地震
四方八面來人多少未得諸君何姓

民只知年歲含青老是同名志願者
稱呼人人叫無指令無回報發自愛
心相照汗流災宅地血奮棲鳥擡送
病員窮晝夜分搭帳篷爭分秒護孺
童喂飯守傷病天亮了
二〇〇八年秋

卜算子

春悟

翠竹守心空不讓春心動綠柳纖纖
弄腰肢盡把春波送松柏在春中
暗笑花爭寵待到冬寒雪降時誰與
蒼生共

二〇〇九年三月

釋文

SHI WEN

【長詩】

農家孝女

因事赴天垣，相逢屬偶然。
瓦房成半合，竹籠一丘山。
手育成行柳，門開數畝田。
遠觀素樸女，近視舊衣衫。
短發雙蝴蝶，長眉兩鳳鸞。
櫻桃一小嘴，面若粉紅蓮。
見客東邊來，相迎牖户前。
問詢家裏事，弄手臉羞旋。
祇見無聲泪，悄悄落玉盤。
最終聞細語，恰似巨雷漫。
村校老師寒，圍坐火盆邊。
母親劈柴急，木屑刺瞳間。
夜來傷疼烈，幾餐飯未沾。
兩天膿外溢，一雙目腫圓。
求醫無藥治，卧床女喂餐。
生活憑照理，走行靠人牽。
耳不聞山裂，神難識女顔。
命苦天不滅，家窮情更堅。
時逝三年過，母生一小娟。
全憑我哺育，縫補落于肩。
父種田疇遠，哥徵在合川。
娟娟讀書去，事事都心牽。
時久病未愈，珠泪晝夜漣。
喂餐西屋裏，迎客方東還。
有失相迎禮，請諒慢述言。
知時雨潤物，血泪才傷肝。
鄉野農家女，高潔閨閣蘭。
寒窗孝道就，陋室忠貞全。
餘雖學廿一，德差萬萬千。
終身慈母苦，肌腹鶉衣寒。
雪野冬耕地，炎天夏弄棉。
期長染上病，久病又無錢。
咬牙忍劇痛，讓兒戴翎冠。
孝心未能盡，母子已兩天。
名利是孽根，祇留恨綿綿。

一九七七年春于鹽亭天垣

抗擊非典

嶺南疫首肆，襲京使人哀。
難治新病毒，生死誰能猜。
接觸怕傳染，相言恐相挨。
餐館變空室，鬧市成静齋。
日發百餘例，悲罷兩官差。
中央急民事，藥物送村街。
防治全免費，不花民資財。
臨危受命急，女帥展風采。
四早救患者，五級御病灾。
測温人準過，消毒車方回。
村巷包監控，院户爲戰臺。
郎從廣州返，妻迎門不開。
勸夫去隔離，到時再回來。
臨床戰事緊，醫護心血裁。
白衣浸透汗，口罩叠戴腮。
葉欣爲民死，含笑上蓬萊。
岐黄著偉業，非典落塵埃。
失言吴作棟，認錯也開懷。

二〇〇三年八月

親歷戊子汶川大地震——戊子年丁巳月壬子日未時八級大地震

利州午睡醒來先，忽覺高樓左右顛。
舉步尤懸人推揉，欲行却被力阻牽。
山摇飛石一天霧，地動涌波萬物旋。
東路橋斷西路垮，上河成堰下河遷。
十房九倒三川廢，五岩三傾一壑填。
銀廠風光山吞没，寶圌畫棟梁折湍。
二王廟宇殿堂毁，三老清官石壁穿。
孫失爺婆娘失子，人喪骨肉稼喪田。
灾中奪命過八萬，前後截肢近一千。
衆志成城主席令，多難興邦史詩篇。
躬行總理親徵戰，勵志軍民齊奮鞭。
峽谷雄鷹破迷靄，紫坪水庫飛槽船。
一綫幹警無食寐，十萬鐵軍有誰眠。
含泪救人瓦礫下，送糧尋路懸崖邊。
滿腔熱血書大愛，五位忠魂列凌烟。
師德以身護學子，醫風忘我救傷員。
電筒少女聲擲地，軍禮兒童手擎天。
萬裏唐山義士路，一箱硬幣幼兒錢。
環球鄰國情似玉，世界華人愛如泉。
送藥送醫送器械，捐錢捐物捐蓬氈。
龍門山脉灾雖重，巴蜀兒郎志更堅。
莫道廢墟無棠棣，心澆血灌景如仙。

【七言】

恩牛

別時遺訓獨留君，耿耿忠心對主人。
數夏數秋耕作苦，一年一崽育胎頻。
腿殘耕地掙糧草，體小拉犁儲碎銀。
噩耗傳來勞累死，悲愴學子淚沾巾。

一九六七年重慶醫學院

接受貧下中農教育有感

青山成戀水成親，泥水清香結赤貧。
拾草同燒一碗飯，揮鋤共繪滿園春。
悉心細解桑麻事，巧手輕傳地壠垠。
樸實勤勞山裏漢，新師一代育新人。

一九六九年宣漢南壩巡回醫療

樂在爲民

苦讀幾冬舊襖寬，書多體瘦有餘歡。
臨床手術切闌尾，對癥針丸治肺炎。
故土村翁求妙藥，頑皮小兒稱醫官。
原來一個農家子，樂在爲民解病殘。

一九七一年冬鹽亭縣醫院

做人謁

甘爲小指最近佛，一忍可息風與波。
心處知足煩惱少，胸懷感恩喜樂多。
苦被無欲化無影，怨去有情亦有歌。
真善慈悲修身法，祇向自性求彌陀。

一九七二年秋

武侯祠出師表

相訪茅廬識至交，定軍山下雨瀟瀟。
著鞭兩表酬君顧，挂帥六徵戰爾曹。
上表孔明心耿耿，揮毫鵬舉志昭昭。
龍蛇筆走無窮力，字字珠璣浄木雕。

一九七六年十一月

魯迅先生評《海上花列傳》

筆力無窮掃雲烟，破析精妙點機禪。
撕開女眉西子貌，露出眼著夜叉圓。
當面言如蜂糖水，背後毒似蛇蝎涎。
最難讀懂人心事，隨順自然才坦然。

一九七八年四月

深秋游武侯祠

古柏森森色未凋，綸巾羽扇尚飄飄。
誠開金石君臣契，義薄雲天將帥驍。
千古高風傳巷陌，三分大計出蓬茅。
今朝喜見新祠廟，氣壯山河自足驕。

一九七八年秋

玉龍中學訪範本禾老師

幾番造訪是尊崇，積愫全傾出玉中。
紫氣東來千裏异，丹心北向兩般同。
冰霜未改書生氣，歲月難移學士風。
立雪程門今又是，執經孺子步師踪。

一九七九年冬鹽亭

寫給生殖衛生學院首届畢業生

首届畢業莫居首，俯首甘爲孺子牛。
細登書山勤裏徑，常乘學海苦中舟。
明志頻添千裏眼，虛心如上萬層樓。
若問人生價值事，奉獻之中方能求。

一九八九年八月

羌寨情

天高氣爽沁人心，笛奏悠悠故裏情。
居室鱗鄰成寨捨，碉樓屹立護蒼生。
芬芳咂酒同君醉，倜儻披巾共月明。
山藥糍粑鄉膳美，歡歌篝火頌升平。

一九八九年十一月汶川羌寨

農忙即事

一夜春風似隔墻，瓜田嫩緑麥壠黄。
豆香已奏鋤鐮曲，秧緑還書錦秀章。
小院空空幼囡守，長絲熠熠老蠶忙。
南來北往雙飛燕，檐下唧唧議築房。

一九九一年四月内江

升鐘水庫夜舟納凉

暑熱獨行夜入艙，小舟泊在水中央。
風來勝飲千年酒，月照輝增滿地霜。
凉意凉身凉肺腑，静空静野静山鄉。
休將木櫓輕摇動，生怕心生一點浪。

一九九二年六月

荷

自有仙根氣質殊，清心淡雅得醍醐。
花開污淖色頃國，水落玉盤形似珠。
華蓋鋪天迎遠客，蜻蜓擊水入畫圖。
紅顏未必多薄幸，偶斷絲連總相濡。

一九九三年六月

都江堰水利工程

利興弊除史留芳，秤是民心敬廟堂。
作堰淘灘開寶典，抽心切角著華章。
江分魚嘴雙流水，山鑿瓶口萬頃糧。
客問何稱天府地，蕩蕩春露自都江。

一九九三年

參觀江蘇鹽城農村

緑蔭藏掩小河横，蘆葦叢中路徑深。
棚裏地栽瓜反季，宅旁池養鱔浮萍。
牛蛙有水庭中飼，野雉無山圈裏禽。
運用科學來致富，村姑一語價千金。

一九九四年夏

農家春

蜀水巴山滿目春，農家二月不言貧。
春風好雨知時節，苦杏青稞正孕仁。
飲水流泉甜自井，餘糧美食香留唇。
村姑笑請遠來客，入坐同斟八門陣。

一九九五年春

五臺山

黄土青鬆日照明，沙河緑岸流泉清。
山生五臺成靈脉，地涌金蓮匯素心。
露灑浮屠終結氣，道行覺悟任修行。
名山未必都僧占，盛世中興迎客人。

一九九五年五月二十日

春風

着地吹來三月風，强推色相畫屏中。
梅知暖到當無悔，冰覺寒離衹有融。
山裏野花幾待放，桃林嫩緑偶留紅。
溪邊最是多情柳，滿挂絮珠南北東。

一九九六年三月十五日

桐子花贊

新緑叢中半含羞，不撒嬌香不入流。
濃春自讓群花妍，淡雅獨守静山頭。
有果也豐不倖客，無肉且肥甘做油。
灑盡髓汁爲事業，村翁不忘照夜秋。

一九九六年五月八日

和子鳴《丙子中秋抒懷》

未曾潦倒有何哀，臺下幾人可上臺。
少小雄心成壯志，年青傲氣誤德才。
作人會有枯榮事，治事難無褒貶來。
知足誰論高低價，清心寡欲怎思杯。

一九九六年秋

附：子鳴詩·七律丙子中秋抒懷

潦倒平生也不哀，風風雨雨我登臺。
十三總比長沙傅，三十方知範蠡才。
笑對枯榮身外事，任憑褒貶眼前來。
人生適志千金貴，淡薄無爲酒一杯。

岷江春

緑岸清江日照紅，樓前紫燕訴情衷。
滿園豆蔻含漿色，遍野蜂蝶入蕊叢。
陌上牧童笛奏暖，塘邊老叟釣鈎豐。
囡囡最是招人愛，學語咿呀北指東。

一九九七年三月

四月登泰山

細雨紛紛陣陣凉，觀山極目霧茫茫。
南天門上意爲景，碧霞祠中誠作香。
含泪桃花羞對客，披紗樹挂巧成妝。
玉皇廟頂佳朋坐，滄海桑田話短長。

一九九七年四月泰安

賀母校重慶醫科大學校慶

喜逢校誕起謳歌，四十春秋漾彩波。
革故鼎新昭桃李，宏觀微視導天河。
流鶯走燕風光好，姹紫嫣紅瑰麗多。
共憶師生相處事，舞雲歸咏樂如何！

一九九七年夏成都

西湖情

三面青山一面城，人間瑶池别樣精。
卧波龍閣半懸影，吻水蓮花坦露情。
滿堤柳枝春發秀，一潭皎月秋波瑩。
凉風愜意人難寐，坐伴西君到五更。

一九九八年六月五日杭州西子賓館

普陀山不肯去觀音

蓮池懸島留觀音，愛我家國拒遠行。
不念他邦堂殿好，却依故土茅棚情。
修來法雨驅諸相，立下宏願渡衆生。
一座泥雕猶是此，須眉祇是嘆平平。

一九九八年六月十四日

贊小草

有土即能把身安，默默無聞守自然。
淡泊坦胸添春緑，寧静和衣共雪眠。
常伴黎民百姓路，不近官府衙門前。
問心無愧真君子，世上無君變荒原。

一九九九年四月

瀟湘館寫黛玉

修竹無語守閨門，燈紅酒緑孤寞人。
錦衣難掩心病苦，詩書還浸血泪文。
誠感天地化夜雨，行絶古今葬花魂。
年華花季西歸去，情字殺人不留痕。

二〇〇〇年三月北京商務會館

三月游峨眉

東皇伴我踏春波，嫩緑嫣紅入色多。
山樹文章憑鳥解，花心蕊意任蜂和。
似枯樹葉飛爲蝶，如電靈猴閃入坡。
二水洗心牛性去，寺鐘悠遠化塵疴。

二〇〇〇年三月

參觀比薩斜塔

慣看物落不知因，唯君實驗才弄清。
多少小事含大道，無數天機在常情。
斜塔本也人間趣，定理昭然世界驚。
名人名地召來者，激勵後生作精英。

二〇〇一年九月十六日意大利比薩

驚聞林濤重病手術

夜半挑燈眼着絲，不甘雌伏展雄姿。
渡江擊楫揚波遠，攬轡澄清固本基。
盡職已忘身有病，爲民豈敢事容私。
好才切忌惜才少，君痼方知關愛遲。

二〇〇二年四月二十三日

初中母校校慶

少小同窗老大逢，兒歌更調問家風。
任他白發摧人老，銘我恩師敬意隆。
蠟燭無言情泪溢，饗園有景李桃豐。
大坪中學今非昔，直取河汾門下功。

二〇〇二年八月

麗江古城寫生

前門溪水後門河，清澈晶瑩一曲歌。
逐浪從來拍岸少，鐘情自古回頭多。
碧空明月横橋影，净土輕風洗柳波。
漢瓦秦磚花石路，亭臺樓廊鳥唱和。

二〇〇二年秋

肯尼亞野生動物園觀長頸鹿

世上唯君頸脖長，輕盈臺步巧爲妝。
身高從未欺林地，蹄硬何曾廢土崗。
愛食帶刺嫩梢葉，敢鬥稱霸老獅王。
不凌弱小悲心重，鹿性比人也有强。

二〇〇二年秋

開普敦

魔迷獅伏戀桌山，祇重友情不慕仙。
携手阻止千重浪，并肩環護萬祇船。
無際海天雲作岸，遍點夜燈地似天。
好望角邊風推雪，帝王花色獨占先。

二〇〇二年十一月八日南非

游贊比亞河

贊比亞河水藍清，本比拉曲飽含情。
大象成群同側耳，輕舟分道各穿行。
河馬張口難來景，巨鰐隨船不出聲。
世上生靈能善處，大千世界樂和平。

二〇〇二年十一月

五州賓館與駐館全國人代會代表聯歡晚會

借得五州作舞臺，淡妝素裹領風采。
輕歌曼舞川南調，狂步鍋莊老小孩。
親是如家同主歸，身爲代表自民來。
共商國計中興事，錦秀山河巧剪裁。

二〇〇三年三月七日

人啊

吞吐空氣一皮囊，得勢切忌犯張狂。
去掉榮銜香同味，入得世事炎與涼。
名利場上争名死，物欲刀下貪欲亡。
百年三萬六千日，有誰能不見無常。

二〇〇三年

住挪威金沙維克次日游峽溪

金沙維克未足眠，晝二夜一三分天。
内陸村寨臨大海，深山碧海成峽灣。
數萬年輪冰造地，四百裏路水入山。
兩岸叠翠雲霧處，開合羞態使人酣。

二〇〇四年九月

悼王永嫻岳母

相濡以沫十八春，雖非生母勝親生。
霜曉帶病調子食，雪夜添衾御寒庚。
臨終仍托餐肴事，西歸迷書生死情。
泣血重陽兒祭處，遍染楓葉泪縱橫。

二〇〇四年農歷九月初九

游亞馬遜河雨林并訪印地安人

一片汪洋入叢林，千年古樹萬年藤。
獨翁把舵迷宫樂，八友同舟樹腰行。
彩羽頭冠合新照，獵槍鈎鐮守舊情。
半童赤裸戲水上，手玩异蛇逗游人。

二〇〇五年五月二十七日

泛舟巴拉拉河三角洲

戲波舟浪泛撒金，天空蔚藍日照明。
岸柳低頭迎遠客，河風醒腦洗凡塵。
樓閣水榭留章句，磚瓦房捨贊漢秦。
异國雖然多有景，思魂難斷故鄉情。

二〇〇五年六月二日

悼吾兄天道

日月唯靠天上行，養育牽背擔千斤。
分文學費由汗鑄，粒米餐飯從口分。
常教忠公去私願，切戒偷巧倖事勤。
冬至骨肉成永訣，老泪荒葉落紛紛。

二〇〇五年十二月二十八日

北岳恒山懸空寺

天然石磊兩塔峰，直指雲天入蒼穹。
丹岩三教祖師會，梵天十方神靈通。
瓊樓閣宇寺懸挂，朱户斜梯路半空。
臨高舉步尤慎微，處虚更要實作功。

二〇〇六年六月十八日

維吾爾族姑娘

靚黛長睫秀目清，幾多發辮戀紅唇。
紗巾難掩桃花面，花帽常妝水柳身。
旋舞姿迷天下客，放歌情醉雪山神。
彩衣窮盡人間美，嫁與冬風也是春。

二〇〇六年九月十九日

退休感言

花甲始得御甲身，無責方覺一身輕。
官階終被時空化，功過自有後人評。
閑與兒孫談往事，休以經驗説古今。
蓋棺敢言無愧處，何問今生利與名。

二〇〇六年十一月

四十六周年悼父

情通上蒼天降温，點點飛雨是涕零。
蝴蝶因悲不起舞，蜜蜂傷感休展翎。
時逢春時無春意，心處孤苦有孤冥。
赤子年年斷腸痛，最是原上草又青。

二〇〇七年四月一日

致省政協九届文體醫衛委員會同仁

有緣半届相知真，肝膽昭然倍覺親。
水墨揮毫同意境，健兒摘桂共精神。
岐黄業擅修良德，政治協商利兆民。
任滿情連心是友，吾儕相濡往來頻。

二〇〇八年二月

眉山三蘇祠是父是子匾

虎狼還哺幼崽身，養兒育女是天倫。
孟母三遷傳巷陌，疏廣萬貫散鄉鄰。
唐宋八家三父子，祠匾四字一準繩。
愛子切莫憑錢物，言則行範教做人。

二〇〇九年六月

【五言】

拜董正芳母

兄弟專程至，雙龍拜母檐。
孤身居廟裏，陋室鑄尊嚴。
粗布鶉衣美，苕羹素食甜。
無言更教子，育我一生廉。

一九六八年五月初六

三友（梅、竹、鬆）圖

道合堪稱友，何求秉性同。
梅迎寒氣笑，竹讓桃花紅。
道義鐵肩負，忠貞赤骨鬆。
任憑飛雪舞，都付笑談中。

一九七〇年冬

杜甫草堂

信步草堂寺，風光倍覺親。
廊檐輝映日，花鳥喜迎人。
澤迹千年古，文章百代新。
靜觀工部集，争購不辭貧。

一九七六年十月

咏相如文君

千秋古井水，照見幾多人。
翰墨留佳句，香醪獻上賓。
琴臺憶故舊，巷道換新鄰。
飲酒非司馬，與誰説漢秦。

一九八七年二月十九日

悼馬啓聰姑父

一夜守侯短，遺訓意無量。
同床導今生，共夢在陰陽。
知音兩代少，映心一脉長。
天地之悠悠，有話對誰講。

一九八八年春

霧

悄悄地氣生，縷縷任飄行。
裊裊織迷夢，姗姗送柔情。
輕抛紗一片，巧没物千形。
世界朦朧處，自知可自明。

一九九一年秋

學院卡拉OK演唱會

素妝輕唱好，真意美無窮。
曲任心花放，琴由意境通。
歌隨千弦至，舞展一身功。
獲得真知後，人生大不同。

一九九二年

重慶四面山洪海

洪海高千仞，天然巧合成，
翠廊花送愛，青蔓樹牽情。
野草隨心長，山鷄任意鳴。
鴛鴦惡垢語，驚避不相迎。

一九九四年農歷四月

北京三月風

京華三月風，秉性若孩童。
和煦陽光在，驚呼塵世空。
還寒存冬氣，乍暖送春鴻。
奚覓春花去，含苞待放中。

一九九五年三月十五

知命之年

風雨五十程，人生體味精。
好話耳成繭，毁譽心磨平。
悲歡一感受，哭笑兩表情。
世有千年樹，人無百歲榮。

一九九七年秋

樂山大佛

白雲流水間，一坐上千年。
有形小石像，無相大自然。
不沾物欲意，能解世間緣。
何須頂禮拜，公心即參禪。

一九九九年春

斥吃請風

不費之惠人，輪流作主賓。
金銀杯交錯，魚蝦肉替循。
豪言滿酒氣，空話一油唇。
桌上多剩菜，心中少人民。

一九九九年十二月

尿童

童子爲人表，感慨知多少？
有志事竟成，無爲人空老。
莫分年長幼，何論事大小。
祇要爲兆民，彪炳史昭昭。

二〇〇一年九月比利時布魯塞爾

過火葬場

不入泥沙葬，難逃爐火熊。
來時赤裸裸，去也手空空。
做人是盡責，爲官當奉公。
政聲人去後，民心閑談中。

二〇〇一年十一月一日

郫縣農家新貌

魚躍池塘水，風開滿院花。
品茶談國事，飲酒話桑麻。
影視添民樂，彩燈照夜華。
村姑忙上網，戲說找婆家。

二〇〇二年五月

【絶句】

鳴蟬

來自寒土磨難多，叢林枝頭爲民歌。
清風兩袖羽翼薄，捐皮入藥解沉疴。

一九八五年夏

九寨溝

九寨風光天上絶，瑤池哪有樹影澈。
騷客筆下無字寫，畫苑調來色總缺。

一九八七年二月十九日

垂柳

人享陰涼無意栽，逢高不占把頭埋。
何須世事作强手，任風東西南北來。

一九八九年春

訪友不見

昨夜臨門未入門，依依不捨上歸程。
進三退四回頭望，落葉飄飄似落魂。

一九九〇年四月廿九日晨

二月農家

未豐菜角淡點黃，緑上枝頭豆含漿。
笑問村姑三餐事，羞開橱櫃看餘糧。

一九九一年四月十三日陳毅故居將軍橋

四季雨·春雨

抛泪含羞烟渺中，悄然潤物獨情鐘。
紅花緑葉婆娑處，最是春風思念濃。

·夏雨

喜歡電閃與雷鳴，奔放瀟灑任縱横。
壯志江河翻作浪，疾風相伴更多情。

·秋雨

嘗盡人間冷暖情，涼風静水也心平。
世人祇笑收成好，暗把悲涼慰落英。

·冬雨

地氣天時遵律循，寒霜遍野鴉無神。
荒原祇有君播愛，静灑瑩珠總盼春。

一九九三年農歷六月

小園春色

鐘情素蘭潔無暇，有感蜜桃血著花。
不意煦陽春暖處，輕風得意弄裙衩。

一九九五年四月四日

農宅三月

宅旁山水春裁剪，桃紅梨白次第開。
鶯啼新葉岸柳緑，風過花叢送香來。

一九九六年三月

嚴子陵釣魚臺

守節無爲總是哀，淡恬不事也非才。
躬耕豈可消磨志，哪有閑情坐釣臺。

一九九八年六月二十日

都江堰滌心堂

巧弄琵琶弦上音，琴簫鳳管入情深。
編鐘古韵縈繞遠，堂溢清幽滌我心。

（二〇〇〇年六月）

武勝縣飛龍鎮竹編畫

老嫩青黄取捨精，隨心裁剪任縱横。
千絲巧綉農家夢，一卷巴山蜀水情。

（二〇〇一年六月十二日）

觀六歲孫游泳

小小年紀敢弄潮，善處沉浮享逍遥。
翻身仰天長擊水，笑看風雲頭上飄。

二〇〇一年夏

大理景色

風起天生千朵浪，花開雲弄四時香。
雪點蒼山十九景，月灑洱海一湖光。

二〇〇一年秋

秋午游蓮花池

天碧無塵好净空，群山有志景不同。
輕舟一渡湖光色，疑是西子巧扮中。

二〇〇二年九月五日牡丹江

自悟

自處低位善才真，無愧難作更難精。
詩境入畫乃爲妙，官心能貧方可清。

二〇〇三年十二月十六日

都江堰賞春

鶯啼泉野换新妝，燕語樓臺情意長。
蝶入花叢身影秀，蜂飛蕾蕊體飄香。

二〇〇四年三月

解愁偈

去了無明自少憂，權錢名利莫貪求。
能以人長比己短，心平放下便無愁。

二〇〇四年六月

咏石

頑愚不化守本真，不用心計與誰争。
荒原野溪皆爲伴，粉身祇爲鋪路平。

二〇〇四年六月

咏水

生靈萬物是君萌，誰人能離誰記情。
果有世間上善德，從來祇向低處行。

二〇〇四年八月

賞雪

人間政通天散花，氣瑞地怡景自佳，
山河銀妝素裹美，笑與農夫説桑麻。

二〇〇五年正月十一日

咏竹

是草全無草之容，非木挺拔德如鬆。
虚空心懷存高節，妙在是與不是中。

二〇〇五年五月二十四于巴黎機場候機樓觀竹畫册

登裏約熱内盧基督山

因仙而名得此山，翰海胸懷憫心寬。
誓願雖渡衆生苦，還需衆生自作賢。

二〇〇五年五月二十五日

京都春夢

夜來夢點是天酬，又讀詩經知好求。
三月京華艷陽好，春情緑了柳梢頭。

二〇〇六年三月八日

茉莉花

自愛淡雅潔白妝，不爲看客换縷裳。
一生幽香佳人醉，身後茗中也流芳。

二〇〇六年三月十日于北京國務院二招待所

人生文章

自斷琴弦爲知音，萊子飾童逗雙親。

少帥百歲謝一荻，人生文章情著成。

二〇〇六年六月二十一日

喀納斯湖觀秋景

秋筆青黄調色均，善點紅粉彩妝明。
描來翠緑神韵起，龕上銀鏡巧作屏。

二〇〇六年九月十九日

夜宿峨嵋山洗象池

心空無動枝，月和澈水池。
去了我相後，方解世間棋。

一九八八年夏

登玉龍雪山

車駐龍山半，雪雨艷陽天。
欲與冰姑照，忽拉霧垂簾。

一九九九年秋

謝張維慶主任來函

筆走龍蛇字，班香宋艷文。
博文約禮處，弊絶風清魂。

二〇〇二年三月

【詞】

搗練子・紫荆花樹

庭院内，低山中。花上枝頭姹紫紅。淺作灰綾身素裹，一摸羞絶任西東。

一九六九年夏

江城子

鳳凰山下送君行。曉風輕，彌江明，相對無言，泪眼尚盈盈。滄海桑田思往事，年正少，意峥嶸。

忽聞鳴笛一聲聲，催徵人，赴鵬程。三叠陽關，任唱志凌雲。須記鹽亭春閣柳，新絮裊，寄情深。

一九七五年八月送華西醫大師生返成都于鹽亭

西江月・劉繼滷所作秋日獅顧圖

巧點霸氣有度，善描神情無窮。山登絶頂汝爲峰，轉顧殘秋思重。

時令青黄一葉，人生沉浮幾空。臨高誰不處寒中，王者依然一夢。

一九八〇年秋

訴衷情・臘梅

月明疏影秀蕭墻，笑待雪飛揚。苦寒自守情愫，冰凍巧凝妝。

身挺直，骨凌霜，氣軒昂。一心爲了，唤醒春姑，送上馨香。

一九八二年冬

永遇樂・鹽亭十二年抒懷

明媚朝陽，淡然緑水，春意如許。彌梓江頭，鳳凰展翅，更有營盤路。徵蕤術數，潺亭行酒，宇可竹成胸處。想當年，桑蠶嫘祖，教會後人絲縷。

清風迎面，果香初嗅，正值鶯歌燕舞。一代宗師，小平指引，駛向輝煌路。改革開放，緊抓發展，莫讓光陰虚度。問心志、祇身樹下，審其未做。

一九八三年春

十六字令

春。水暖鶯啼岸柳新。誰留住，美景夢中人。

一九八五年春

浪淘沙・校慶

欣逢舜堯天，重返黌園。春風桃李話當年。更喜往來千復萬，門艷争妍。

漫道衆生賢，言教身傳。黨恩師德列凌烟。相見自慚興利少，再著新鞭。

一九八六年十月重醫母校校慶

南鄉子・夜宿巴山農村

昨日車速差，半數行程月影斜。無奈中途覓宿處，休茶。一路疲勞入夢涯。

晨起頓清嘉，日出山邊萬道霞。滿肺新純空氣至，齊誇。真個鄉村好住家。

一九八八年秋

鷓鴣天・雪夜憶母

入夢驚來夜已深，簾外飛雪母飛針，飛針補襖爲兒瘦，一盞油燈亮母心。

寒凍徹，夜低沉。思情難述我何吟，無眠凝望窗前雪，静寂冥聞針綫音。

一九八八年冬

臨江仙

信是有緣情無限，相逢如是經年。心扉開處話流泉。古今多少事，唯獨説桃園。

道是懷人添别恨，和風五月難眠。依稀君影到床前。相迎人不見，祇覺更孤單。

一九九二年夏

一剪梅·自慰題友

未到陽關亦識卿，心境空明，身境空明。神來常伴雨紛紛，筆點濃情，墨點濃情。

無法同君共酒樽，杯水清清，飯菜清清。胸中去我説枯榮，枯也平生，榮也平生。

一九九三年五月

憶江南

南燕巧，剪斷凍春寒，雪化青山依舊緑，春來花蕊襲朱欄，彩蝶戲窗前。

一九九五年春

訴衷情·晨觀白玉蘭花開

疏枝無葉乍寒風，綻破絨毛宫。芳心暗送春意，嫩白自添豊。

蓮瓣啓，性靈通，玉情融。醉人時節，静裏婆娑，日出初紅。

一九九五年春

眼兒媚

無雨無晴低沉雲，葉落忍看痕。野崗荒草，孤鴉飛去，無限悲魂。

倚窗深静垂簾冷，獨自悼親人。假山石下，草枯水凝，冰凍黄昏。

一九九五年冬懷念父母雙親

南鄉子·北京潭柘寺

鬆擁廟門前，化作雙龍護佛天。銀杏凌霄身骨壯，千年。净土清風入自然，

漢瓦竹林間，曾有天子駐足眠。富貴榮華多少夢，如烟。參得人生一世禪。

一九九六年

長相思

酒芬芳，奶芬芳。獻上哈達情意長。酥油暗送香。

進帳房，坐帳床。話到開心談笑狂。天高明月光。

一九九六年甘孜色達縣

點降唇

净土高原，山茶奶酪青稞酒。雪蓮紅柳。地厚天長久。

迎客歡來，縱舞輕抒袖。相牽手。把情傳透。莫讓春光走！

一九九六年夏甘孜州石渠縣

臨江仙·香港回歸

骨肉親情常夢繞，含悲忍辱難眠。終歸取得大團圓。功高國兩制，統一慰先賢。

挨打都因國力弱，曾經滄海桑田。升平殷實有尊嚴。從今同自勝，冷眼對强權。

一九九七年七月

浣溪沙

歲月人生覺近秋，漸黄老葉去難留。年華不讓再風流。

雖説夕陽無限好，分明夜幕淡高樓。清輝月霧罩田疇。

一九九七年秋北京

高陽臺·中央黨校抒懷

高閣凌霄，晴波瀲灎，校園滿目清嘉。一度秋冬，再度春夏京華。人生半百離鄉井，尚求知，也綻新花。

今朝桃李成林日，衆導師學友，個個堪誇。老驥新驤，同蹈萬裏平沙。革故鼎新天行健，正學風，求索無涯。我欣然、如此江山，如此朝霞！

一九九八年春

滿江紅

大地茫茫，幾多道、應行何路？武穆是、丹心照宇，汗青堅竪。慷慨精忠留八字，浩然正氣垂千古。檜臣奸、看鐵鑄栖霞，驚魂處。

邪與正，神有數；虧心事，蒼天怒。是天堂

地獄，任憑君去。身有官民非貴賤，事無大小休輕誤。做人時、須要本清純，終身悟。

一九九八年五月于杭州

訴衷情

京都二月憶故鄉，料蜀已春妝。滿山盡染新緑，豆麥正懷漿。

乘鶴歸，父離别，永悲傷。蕊心含血，嫩葉刀箭最斷兒腸。

二〇〇一年農歷二月十六北京商務會館

金縷曲（賀新郎）

要把權司好。僕人心、忠誠事業，自當人表。濫用職權如自毖，守住清廉是寶。權是責、遵從民召。切莫錢權成交易，應深知、牢籠親身造。滄海事，史爲教。

金錢自古人嫌少。鄧通多、晚年乞丐，引人思考。錢少錢多非正誤，關鍵來之有道。名利害，相連相繞。逐利追名終生害，到頭來、縱欲催人老。人歸去，手空了。

二〇〇一年九月

東風第一枝·獲中華人口奬抒懷

鐵骨蒼鬆，空心緑竹，冬來笑迎霜雪。輕風不亂情懷，寒冰祇添高潔。人知自律，更要有、平常心迹。做僕人、我欲何求，祇願政清民悦。

嘉奬至，誠惶惴栗，知小我、滄海一滴。成績應屬人民，個人豈敢獲竊。常銘宗旨，孺子牛、丹心情結。永奮蹄、躬耕無止，灑盡一腔殷血。

二〇〇一年十二月十七日

西江月

兩屆人民代表，十回國是參商。箴言諫語助興邦，長使心潮激蕩。法治人和作本，政通民富爲强。開來繼往數新驤，老驥漁舟晚唱。

二〇〇二年六月四日

虞美人·牡丹江祭母

江流是泪情多少？三十春秋了。夕陽斜照牡丹江，融入漣漪恰似血盈光。

陰陽歷上日相遇，直問蒼天路。能從哪條找冥王、火海刀山也要見兒娘。

二〇〇二年九月三日

憶秦娥·悼司機胡明勝

巴蜀路，十年與我同來去。同來去，夜行星月，駕乘霜霧。

至今不信君先故，驟然心落魂相附。魂相附，依依隨伴，車中相語。

二〇〇二年九月十五日

滿江紅·賀川北醫學院附院三十華誕

十月金秋，舉目是，豐登五谷。值慶誕，賀醫學院，南充川北。桃李開花都挂果，園丁揮汗千株緑。不能忘，拔地梓楠旁，多鬆菊。

是人子，堪教育。看杏林，何時熟？喜同仁聯手譜成新曲。大業中興雲出岫，黌苗茁壯胸成竹。倘寄語，甘自苦中來，勤攻讀。

二〇〇四年十二月

念奴嬌·賀政協書畫研究院畫師

丹青運筆，落毫間透出，錦城風物。描得青青芳草地，緑映高樓華壁。臘梅飄香，牡丹吐艶，巧染秋楓葉。琴音入畫，引來多少和笛。

文遇盛事方興，潑墨抒懷，了却千千結。躍馬揚鞭同奮進，共繪山川今夕。魚凫情長，蠶叢意切，化作星空月。輕掀夜幕，盡觀天府佳色。

二〇〇七年元月

滿江紅——慶祝中國共産黨第十七次全國代表大會

又是金秋，層林染、山情水意。同慶賀、九州華夏，群賢匯集。獻策唯求興國是，揮毫專點爲民筆。繪藍圖、發展樹新觀，甘霖溢。

蘆笙悦，鼓點急；鍋莊舞，羌寨笛。喜空前盛會，史碑歸立。開路南湖船正速，導航北鬥星空碧。把勝籌、後秀赴前勛，强中國。

二〇〇七年十月

謁金門

春花月，槐柳喜生芽葉。臨夏已覺風漸熱，

應知時運接。秋爽桂馨香烈，鬆竹笑迎冬雪。天有暑寒人有劫，一生悲喜疊。

二〇〇八年季春

武陵春·悼父

四十七年心痛處，每每憶從前。暗室繩床父居寒，餓腹缺三餐。誰説春來風景好，我覺最孤單。獨在空樓焚紙錢，滴滴泪，淡朱欄。

二〇〇八年四月一日

行香子·三十六周年悼母

鳳鳥哀啼。彌梓悲鳴。白無常，引母歸程。雲迎鶴送，直上蓬瀛。祭有紅楓，有香桂，有蜜橙。菊傳雅韵，秋染山明。到今天，滿甲人生。遵循母訓，樂善輕名。是我之心，我之意，我之行。

二〇〇八年農歷七月二十六日

汶川大地震抗震救灾詞五首·水調歌頭·軍魂

主席一聲令，千裏夜奔行。星星驚問何去，蜀地有灾情。十萬三軍參戰，餘震衝鋒陷陣，艦笛浪中鳴。空降深山壑，搜救幸存人。危樓下，磚礫裏，鬥閻君。砸開地府歸路，手也血淋淋。更有雄鷹壯士，直上凌霄寶殿，召集衆天兵。髓血灑天府，大地盡回春。

青玉案·警風

有灾幹警身先就，入險地，携童叟。滚石山坡背孺走。斷橋殘院，堰河路口，戴月披星守。震中姐妹悲情透，奶斷嬰啼似呼救。女警開衣輕解扣。二嬰同哺，宛如一母，盡顯英姿秀。

漁家傲·醫道

瓦礫磚灰梁斷處，幾多埋者生還路。天使和衣心守護，分秒據，争奪地府門前步。生死家人無法顧，思魂盡系殘疴慮。治愈傷員千萬數，須記住，白衣二百仙歸去。

菩薩蠻·師德

山摇地動飛沙漫，瞬時房倒樓空半。磚落亂灰烟，垣殘梁斷懸。生門三四步，却讓門生渡。學子護懷中，血濡桃李豐。

滿江紅·志願者

石滚沙飛，山野上，幾無完草。聞地震，四方八面，來人多少。未得諸君何姓氏，祇知年歲含青老。是同名，志願者稱呼，人人叫。無指令，無回報；發自愛，心相照。汗流灾宅地，血驚栖鳥。抬送病員窮晝夜，分搭帳氈争分秒。護孺童，喂飯守傷疴，天亮了！

二〇〇八年秋

卜算子·春悟

翠竹守心空，不讓春心動。緑柳纖纖弄腰肢，盡把春波送。鬆柏在春中，暗笑花争寵。待到冬寒雪降時，誰與蒼生共。

二〇〇九年三月

洪厚甜

號浄堂，一九六三年生于四川什邡。

中國書法家協會理事，中國書法家協會楷書委員會委員，中國書法家協會培訓中心教授，西安培華學院教授，中國教育學會書法教育專業委員會常務理事，四川省書法家協會創作評審委員會副秘書長，四川省書法家協會培訓中心副主任，四川省政協書畫研究院專職副院長兼秘書長。

任『全國第八届書法篆刻展』，『全國第九届書法篆刻展』，『全國第二届扇面書法大展』，『慶祝建黨八十五周年全國書法大展』，『全國首届册頁書法大展』評委。

二〇〇二年中國書法家協會授予『德藝雙馨書法家』稱號，二〇〇七年中共四川省委，四川省人民政府授予『四川省有突出貢獻的優秀專家』稱號，二〇〇七年首届中國書壇蘭亭雅集『蘭亭七子』之一。

圖書在版編目（CIP）數據

洪厚甜書謝明道詩詞/謝明道著；洪厚甜書. –成都：四川美術出版社，2010.4
ISBN 978-7-5410-4216-4

Ⅰ. 洪… Ⅱ. ①謝… ②洪… Ⅲ. 漢字–書法–作品集–中國–現代 Ⅳ.J292.28

中國版本圖書館CIP數據核字（2010）第067740號

洪厚甜書謝明道詩詞

HONG HOUTIAN SHU XIE MINGDAO SHICI

謝明道 著
洪厚甜 書

扉頁題詞	張 海	中國書法家協會主席
封面題字	何應輝	中國書法家協會副主席 四川省書法家協會主席
責任編輯	陳時權	
裝幀設計	陳時權	
責任校對	李小軍	
責任印制	曾曉峰	
出版發行	四川出版集團 四川美術出版社 （成都市三洞橋路12號）	
郵 編	610031	
制 作	華林平面設計	
印 刷	成都思濰彩色印務有限責任公司	
成品尺寸	260mm × 170mm	
印 張	11.5	
版 次	2010年4月第1版	
印 次	2010年4月第1次印刷	
書 號	ISBN 978-7-5410-4216-4	
定 價	156.00圓	

ISBN 978-7-5410-4216-4
9 787541 042164 >